L'ANGLOMANE,

OU

L'ORPHELINE LÉGUÉE,

COMÉDIE

EN UN ACTE ET EN VERS LIBRES,

Par M. SAURIN de l'Académie Françoise:

Représentée devant SA MAJESTÉ, *à Fontainebleau, le Jeudi 5 Novembre 1772, par ses Comédiens François ordinaires; & à Paris, le Lundi 23 du même mois.*

Suivie d'une Épître à un jeune Poëte qui veut renoncer aux Muses.

Le prix est de 24 sols.

A PARIS,

Chez la Veuve DUCHESNE, Libraire, rue Saint-Jacques, au-dessous de la Fontaine S.-Benoît, au Temple du Goût.

M. DCC. LXXII.

Avec Approbation & Privilége du Roi.

AVERTISSEMENT.

CETTE Pièce est la même qui a été donnée en 1765, sous le titre de l'*Orpheline léguée* : Elle étoit en trois Actes, je l'ai mise en un : il ne m'a fallu, pour cela, que retrancher plusieurs Scènes dont l'effet avoit été médiocre, & qui retardoient la marche de l'action : je la crois, actuellement, plus vive & plus rapide : j'ai, d'ailleurs, retouché le Dialogue & je l'ai resserré ; en un mot, j'ai tâché de donner à l'Ouvrage le dégré de valeur auquel de foibles talens me permettent d'atteindre.

Je ne sais si j'ai besoin de dire que dans cette Comédie je n'ai pas prétendu jetter du ridicule sur les Écrivains illustres qu'a produit l'Angleterre. Je les admire & je les respecte : je n'ai voulu attaquer que cet enthousiasme aveugle de nos *Anglomanes*, que cette espèce de culte qu'ils rendent aux Auteurs Anglois, peut-être moins pour les exalter, que pour rabaisser les nôtres. Ce travers prend sa source dans la jalousie secrette qu'on porte aux hommes célèbres de sa nation, jalousie qu'on ne s'avoue pas, mais qui n'en est pas moins réelle. Les grands Hommes étrangers ne font pas ombrage à notre petitesse, ils ne brillent point à nos yeux d'un éclat qui nous importune ; & en nous établissant juges entre eux & les grands Hommes de notre Nation, nous croyons partager, en quelque sorte avec les premiers, la supériorité que nous leur accordons sur les autres. Je n'en dirai pas d'avantage ; mais que chacun descende en lui-même, qu'il s'interroge & confesse s'il n'en coûte pas moins à son cœur pour admirer un Étranger, que pour rendre justice à un Compatriote.

Shakespear, sur qui je me suis permis quelques plaisanteries dans cette Pièce, étoit, assurément, un génie du premier ordre ; mais on ne peut nier, qu'à côté des beautés les plus sublimes, on ne trouve, dans ses ouvrages, les plus monstrueuses absurdités : les beautés sont à lui, les défauts sont à son siecle ; je le veux : mais qu'on reconnoisse, au moins, que ce sont des défauts, & qu'on ne réponde pas ce que M. Dacier répondoit sur les défauts d'Homere les plus marqués : *cela n'est que divin.*

On a joint à cette petite Comédie une Épître qui a été lue dans l'Académie Françoise, à l'assemblée de la Saint-Louis derniere.

A MA FEMME.

Ea sola voluptas,
Solamenque mali.

O ma tendre amie ! ô ma femme ! ...
Gens du bon ton diroient, *Madame.*
Gens du bon ton, souvent sont des époux bien froids,
Ma femme, donc ! — reçois l'hommage

D'un mari dont le cœur gaulois
Ne s'est point soumis à l'usage,
Et de soi seul a pris des loix,
En te dédiant son Ouvrage.
Mais cet Ouvrage, il est ton bien:
Ton goût, qui sert de regle au mien,
Est noble & pur comme ton âme;
Et mon foible génie, inspiré par le tien,
Trouve dans l'objet qui m'enflâme
Ma récompense & mon soutien.
D'un trop superbe espoir, autrefois animée,
Ma Muse desiroit, pour prix de ses travaux,
Quelque peu de cette fumée,
Aliment du Poëte ainsi que du Héros.
D'un vain bruit aujourd'hui, mon âme est peu charmée.
Et dans la lice, encor, si l'on me voit courir,
Si des palmes de la Victoire,
Les rides de mon front cherchent à se couvrir,
C'est pour vivre en ton cœur, & non dans la mémoire.
Te plaire est désormais mon unique desir,
Et je ne voudrois de la gloire
Que pour avoir à te l'offrir.
Mon cœur te doit son nouvel être:
D'une nuit de douleur long-tems enveloppé,
J'ai vû mes beaux ans disparoître;
Et dans cet âge où l'homme, hélas! trop détrompé,
Regrette, avec l'espoir, le bonheur échappé,
C'est toi qui me l'as fait connoître.
Des fleurs de ton printems, tu semes mon déclin,
Et tu rends le soir de ma vie
Mille fois plus digne d'envie
Que ne fut jamais son matin.

PERSONNAGES.

ÉRASTE, Anglomane.	*M. Préville.*
DAMIS, Amant de Sophie.	*M. Molé.*
LISIMON, Ami d'Érafte.	*M. Brifard.*
BÉLISE, Sœur d'Érafte.	*Mme. Drouin.*
SOPHIE, jeune parente d'Érafte.	*Mlle. Doligni.*
FINETTE, Suivante.	*Mlle. Fannier.*
L'OLIVE.	*M. Feuilli.*

La Scène eft dans un Sallon de la Maifon de Campagne d'Érafte.

L'ANGLOMANE,

OU

L'ORPHELINE LÉGUÉE.

COMÉDIE.

SCENE PREMIÈRE.

DAMIS, *en habit à l'Angloiſe, avec une petite perruque ronde*; FINETTE, *avec un petit chapeau à l'Angloiſe.*

FINETTE.

C'EST vous, Monſieur Damis?

DAMIS.

Chut! Blacmore eſt mon nom:
De plus, Anglois, ſouviens-t'en.

FINETTE.

Bon:

De ce déguisement que faut-il que j'augure ?

DAMIS.

Tu le sçauras ; mais par quelle aventure
Te rencontré-je en ce logis ?
Lorsque je quittai ce pays,
Pour faire un tour en Angleterre,
Chez la Marquise d'Enneterre,
Tu servois.

FINETTE.

Il est vrai ; mais avec de gros biens,
Prodigue par caprice, avare par nature,
Elle est impérieuse & dure ;
Ne hait que son époux, & n'aime que ses chiens.
Que sans cesse pour eux il fût maltraité ; passe,
C'est un mari ; mais moi, j'en devins bien-tôt lasse.
Un beau jour je quittai Madame & ses gredins.
Enfin, je sers ici.

DAMIS.

Tant mieux : pour mes desseins
Je t'y trouve à propos. Finette est mon amie,
Et n'a pas oublié que je suis libéral.

FINETTE.

Oh ! j'oublierois mon nom : chez moi c'est maladie.

DAMIS, *lui donnant une bague.*

Ceci t'en guérira : prends.

FINETTE, *considérant la bague.*

La bague est jolie.

(*Elle la met à son doigt en faisant la révérence.*)

On ne refuse pas le remède à son mal.

Çà, pour bien m'acquitter, Monsieur, que faut-il faire?

DAMIS.

Me mettre au fait d'Éraste & de son caractere;
Je n'en suis instruit qu'à demi.

FINETTE.

Votre Oncle, cependant, est son meilleur ami.

DAMIS.

S'il faut qu'Éraste à Lisimon ressemble,
C'est un Philosophe parfait.
Mais lorsque l'amitié les a liés ensemble
J'étois absent.

FINETTE.

Votre Oncle est un sage, en effet,
(S'il est pourtant permis à quelqu'homme de l'être.)
Éraste l'est bien moins qu'il ne le veut paroître.
Un trait, pourtant, lui fait honneur.

DAMIS.

Quel trait?

FINETTE.

Il suffit seul pour vous peindre son cœur.
Sophie....

(Elle s'arrête & regarde Damis.)

DAMIS, *vivement.*

Eh bien! acheve donc: Sophie....

FINETTE.

Oh! oh! quel feu! Je gagerois ma vie....

DAMIS.

Ne gage point, & finis promptement.
Tu disois que Sophie....

FINETTE.

Eut pour pere Pirante
Ami d'Éraste, & son parent;
Que d'une fortune brillante
Privé par un maudit procès,
Il soutint, d'une ame constante,
Ce revers, que sa mort suivit pourtant de près.
Sophie étoit lors en bas âge,
Et son pere, pour héritage,
N'avoit à lui laisser qu'un fond très décrié,
L'amitié d'un parent. Qui s'y seroit fié?

DAMIS.

Tout cœur honnête.

FINETTE.

Eh! bien, Pyrante osa le faire;
Et par un Testament d'espèce singulière....

DAMIS.

Qu'ordonne-t-il?

FINETTE.

Vous allez voir:...
Ma chere enfant, dit-il, va demeurer sans pere;
Elle est l'unique bien qui soit en mon pouvoir.
Du don de la nourrir, élever & pourvoir,
Je fais mon ami Légataire.

DAMIS.

Que cet acte est touchant! il honore à jamais

L'ami capable de le faire,
Et l'ami digne d'un tel legs.

FINETTE.

Éraſte l'accepta ſans y mettre de faſte :
Un Couvent eſt l'aſyle où des ſoins aſſidus
Ont formé Sophie aux vertus.
Elle comptoit ſeize ans, quand une ſœur d'Éraſte....

DAMIS.

Quelle eſt cette ſœur?

FINETTE.

Entre nous,
C'eſt un compoſé rare, & qui par fois allie
Un bon ſens étonnant à beaucoup de folie :
Veuve, graces au Ciel, de ſon troiſième Époux,
Elle vint demeurer au logis de ſon frere.
Notre Orpheline alors quitta ſon Monaſtere.
Un an depuis s'eſt écoulé :
En ſorte que, tout calculé,
La pauvre enfant eſt affligée
De dix-ſept ans, & partagée
De tréſors qui s'en vont croiſſant
Chaque jour, & s'embelliſſant.

DAMIS.

Ah! Finette, qu'elle eſt charmante!
Au Couvent où Sophie a d'abord demeuré,
Habite une mienne parente
Qu'y vient voir, quelquefois, cet objet adoré.

FINETTE.

C'eſt donc là que Sophie, offerte à votre vue....

DAMIS.

C'eſt là que pour jamais j'ai fait vœu de l'aimer.

FINETTE.

Comment s'en empêcher ?

DAMIS.

Sa beauté t'eſt connue.

FINETTE.

Et je ſais que votre âge eſt prompt à s'enflâmer.

DAMIS.

Mais n'avoueras-tu pas qu'un charme inexprimable....

FINETTE.

Vous l'aimez, Monſieur, tout eſt dit...
Comme ſa propre fille, Éraſte la chérit,
Et c'eſt à cet égard un homme incomparable.

DAMIS.

Je le trouve très-reſpectable.

FINETTE.

C'eſt-là ſon beau côté ; mais voyez le revers :
Il s'eſt fait ſingulier pour être Philoſophe :
C'eſt la ſource de cent travers,
Qui, de tout le public, lui valent l'apoſtrophe
Du plus grand fou de l'Univers.
Placé dans la Magiſtrature,
Où l'on vante à bon droit, ſon ſavoir, ſa droiture,
Il faut bien qu'à la Ville il en porte l'habit ;
Mais dans cette campagne, où d'ordinaire il vit,
On s'habille, on ſe coeffe & l'on *toſte* à l'Anglaiſe.
(J'eſtropiai long-tems ce mot encor nouveau.)

A ſon œil prévenu, ſans un petit chapeau,
Il n'eſt point de femme qui plaiſe.

DAMIS.

Je trouve qu'en effet il te ſied aſſez bien;
Mais je crois qu'à Sophie....

FINETTE.

Oh! ſans doute.... Il n'eſt rien
Qui d'Éraſte obtienne l'eſtime,
Si, venu d'Angleterre, il n'en porte le ſceau:
Chez ce peuple tout eſt ſublime,
Et chez nous il n'eſt rien d'utile ni de beau.

DAMIS.

C'eſt une nation eſtimable

FINETTE.

Sans doute:
Mais, excluſivement, la vouloir eſtimer!
Tout admirer chez elle, & chez nous tout blâmer!
Soutenir qu'autre part perſonne ne voit goutte!

DAMIS.

C'eſt fort mal fait: à mon avis,
Tout peuple a ſes défauts, & tout peuple a ſon prix;
Mais à des préjugés, s'il faut que l'on ſe livre,
Par préférence un Citoyen doit ſuivre
Ceux qui lui font aimer ſon Prince & ſon pays.

FINETTE.

Avec mille vertus il a cette manie.
Ne prétend-il pas que Sophie
Apprenne inceſſamment l'Anglais?

DAMIS.

Tu vois ſon Maître.

FINETTE.

Vous?

DAMIS.

Te voilà bien ſurpriſe?

FINETTE.

Aux Belles, je le ſais, vous parlez bon Français;
Mais, l'Anglois?

DAMIS.

Je l'ignore.

FINETTE.

Eh! comment donc?...

DAMIS.

Sottiſe!

Enſeigner ce qu'on ne ſait pas,
Eſt-ce choſe, dis-moi, ſi rare dans le monde?
Que de gens à Paris bien vetus, gros & gras,
Dont, ſur ce beau ſecret, la cuiſine ſe fonde!

FINETTE.

Éraſte, cependant...

DAMIS.

Des Anglois il fait cas;
Mais je ſais que pour lui leur langue eſt de l'Arabe,
Il n'en ſait pas une ſyllabe:
Moi, j'en puis écorcher quelques mots au beſoin.
(Il contrefait l'accent Anglois.)
Odi dou; Miſſ, Kiſmi,

FINETTE.

Ce mot a de quoi plaire.

DAMIS, *voulant l'embrasser.*

Il faut te l'expliquer.

FINETTE.

Épargnez-vous ce soin.

DAMIS.

Je suis muni d'une Grammaire :
Londres fut un tems mon séjour ;
Et puis j'aurai pour moi la Fortune & l'Amour.

FINETTE.

L'Amour ! vraiment Éraste en condamne l'usage :
Avec ce regard tendre, & ce joli visage.
(Jugez combien cet homme est fou !)
De sa jeune Pupille il prétend faire un Sage,
Qui, renonçant au mariage,
Dans sa retraite de Hibou,
Perde à philosopher le plus beau de son âge,
Et prenne, au lieu d'amour, de l'ennui tout son soû.

DAMIS.

Il faut m'aider à rompre un projet si blâmable.

FINETTE.

Mais Sophie, à vos vœux, est-elle favorable ?

DAMIS.

Mon amour n'a point éclaté :
Mes regards seuls ont déclaré ma flâme ;
Je croirois cependant avoir touché son âme,
Si ses yeux ne m'ont pas flatté.

FINETTE.

De ſon cœur ils ſont la peinture,
La naïve Sophie, en ſa ſimplicité,
Eſt une glace encor pure,
Qui réfléchit la Nature
Dans toute ſa vérité.

DAMIS.

Mais, j'ai pu me tromper moi-même;
Sophie ignore encore à quel excès je l'aime,
Et cet amour fait tout mon prix.

FINETTE.

Si modeſte à vingt ans, tandis qu'en cheveux gris,
Il eſt tant de fats honoraires!
Vous êtes un Phénix, & l'on ne voit plus guères...
Mais Éraſte s'avance, adieu.
Il eſt très-important de prévenir Sophie.
Je m'en charge.

DAMIS.

A tes ſoins mon amour ſe confie.

SCENE

SCENE II.*

DAMIS; ÉRASTE, *vétu à l'Angloise.*

ÉRASTE.

PARDONNEZ-MOI, si, dans ce lieu,
Je me suis un peu fait attendre :
Avec mes Ouvriers j'étois dans mon jardin,
Où, par un changement qui doit peu vous surprendre,
Suivant l'usage Anglois, j'ai voulu, ce matin,
Qu'on fît, d'un grand Parterre, un petit Boulingrin;
J'y veux avoir de tout, des vallons, des collines,
Des prés, une plaine, des bois,
Une Mosquée, un pont Chinois,
Une rivière, des ruines...

DAMIS, *imitant l'accent Anglois pendant toute la Scène.*

Vous avez donc, Monsieur, un immense terrain?

ÉRASTE.

Moi, point : trois arpens dont Le Nôtre
A jadis tracé le dessin.
On vante sa façon, je préfère la vôtre.

DAMIS.

Je vois que vous avez du goût.

* Dans cette Scene & dans toutes celles où paroît Éraste, Damis contrefait un peu l'accent Anglois.

ÉRASTE.

Si je ne puis en grand imiter la Nature,
D'un parc Anglois, du moins, j'aurai la mignature.
Ma foi, vous nous passez en tout,
Même dans les Beaux-Arts : Hogard dans la Peinture,
Hindel dans la Musique...

DAMIS.

Hindel est Allemand.
Prenez garde, Monsieur.

ÉRASTE.

L'est-il ?

DAMIS.

Assurément.

ÉRASTE.

Laissons cela, Monsieur. Qu'est-ce qui me procure
L'honneur ? ...

DAMIS.

Premièrement, la curiosité :
La France, dans son sein, n'a point de rareté
Qui doive, plus que vous, attirer la visite
D'un étranger, curieux de mérite.

ÉRASTE.

On m'accuse, Monsieur, de singularité,
Et vous m'en trouverez, peut-être;
Mais en voyant ce que les hommes font,
Je m'applaudis que le Ciel m'ait fait naître
Si différent de ce qu'ils sont.

DAMIS.

Permis à vous, Monsieur, de l'être.

A Londres chacun prend la forme qui lui plaît,
On n'y ſurprend perſonne en étant ce qu'on eſt :
Quant à moi, je ſuis ce Blacmore,
Dont on vous a parlé pour enſeigner l'Anglois.

ÉRASTE.

De vous Dorante hier m'entretenoit encore,
Il m'en faiſoit vraiment un grand éloge ; mais
A votre phyſionomie,
Beaucoup plus qu'à lui je m'en fie :
On ſe peint dans ſes traits comme dans un miroir :
Locke l'a dit.

DAMIS.

Je crois...

ÉRASTE.

Par exemple, à vous voir,
Vous êtes un penſeur...

DAMIS.

Oh ! Monſieur...

ÉRASTE.

Je parie
Que ſur vous le beau Sexe a fort peu de pouvoir,
Que l'Amour, à vos yeux, n'eſt rien qu'une folie.
Hem ! ſuis-je pénétrant ? & n'admirez-vous pas...

DAMIS.

Jamais je n'admire.

ÉRASTE.

En tout cas,
Si votre eſprit jamais n'admire,
Il trouvera chez nous ample matiere à rire.

DAMIS.

Jamais je ne ris.

ÉRASTE, *à part.*

Oh! cet homme eſt bien Anglois,
Bien bon.

DAMIS.

On rit de tout chez les François;
Sachez, Monſieur, qu'en Angleterre,
On ſe pend quelquefois; mais qu'on n'y rit jamais.

ÉRASTE.

Ah! ſi dans ce pays j'avois un coin de terre!

SCENE III.

SOPHIE, BÉLISE, ÉRASTE, DAMIS, FINETTE.

ÉRASTE, *en lui préſentant Damis.*

Sophie, approchez-vous, voilà le Précepteur...
De l'embarras! de la rougeur!

SOPHIE, *à part.*

Finette en vain m'a prévenue,
Je ne puis...

BÉLISE, *à Sophie.*

Pourquoi donc baiſſer ainſi la vûe?
Ce maître-là ne fait pas peur;

Et Monſieur eſt fait de manière
A trouver plus d'une Écolière.

ÉRASTE.

Eh bien ! ma ſœur, vous n'en vaudrez que mieux;
Etudiez la langue Anglaiſe,
Il peut fort bien montrer à deux.

BÉLISE.

Moi, de l'Anglois ? à Dieu ne plaiſe !

DAMIS, *bas. à Sophie.*

Si vous me découvrez, vous me donnez la mort.

(*Pendant cette Scène on a apporté la table à thé, ſur laquelle Finette a tout arrangé.*)

ÉRASTE, *à Damis.*

A l'Angloiſe, de bon accord,
Ici le déjeûner le matin nous raſſemble :
Ma Pupille verſe le thé.
Aſſeyons-nous.

(*Ils ſe placent autour de la table, & Sophie verſe le thé.*)

ÉRASTE, *à Sophie.*

La main vous tremble.

BÉLISE.

Vous n'avez point votre gaieté.

SOPHIE.

Depuis un temps je l'ai perdue.

BÉLISE.

Comment ?

SOPHIE.

Je ne ſais pas comme elle étoit venue,
Je ne ſais pas comment elle a pu me quitter.

DAMIS.

Peut-être qu'en ce lieu ma préſence vous gêne.

SOPHIE.

Oh ! vous n'en pouvez pas douter.

ÉRASTE.

De ce diſcours naïf n'ayez aucune peine ;
Elle n'a vécu qu'avec nous.
Quand elle aura reçu quelques leçons de vous,
Elle ſera plus à ſon aiſe.
Allons, près de Monſieur, avancez votre chaiſe ;
Pourquoi vous tenez-vous ſi loin ?

SOPHIE.

Mais, Monſieur, il n'eſt pas beſoin....

DAMIS.

Mademoiſelle en eſt aux élémens, j'eſpère,
Et tant mieux, c'eſt ainſi que j'aime une Écoliere ;
Moins elle ſçait & plus je m'y donne de ſoin.

SCENE IV.

Les Acteurs précédens, L'OLIVE.

L'OLIVE, *en donnant une Lettre à Éraſte.*

UNE Lettre de Londre.

(*Il ſort.*)

ERASTE, *à Damis.*

Ouvrons... Tenez, mon maître,
C'est de l'Anglois ; lisez, ce que j'y puis connoître,
C'est qu'elle est de Cobbam.

DAMIS, *embarrassé.*

Fort bien.

ÉRASTE.

Le bon Milord,
Blessé que notre langue étende son empire,
Possede le François & ne veut pas l'écrire.

DAMIS.

Il a tort.... Ce Cobbam est votre ami.

ÉRASTE.

Très-fort.

DAMIS.

Cette Lettre contient quelque secret, peut-être.

ÉRASTE.

Non, un de ses enfans se devoit marier ;
Sans doute ce billet m'en apprend la nouvelle.

DAMIS.

Je crains...

ÉRASTE.

C'est mon affaire.

DAMIS.

On ne peut le nier.
Cependant....

ÉRASTE.

Lisez donc.

DAMIS, *à part.*

Je l'échapperai belle.
Si je puis.... Essayons.

(*Il fait semblant de lire.*)

« Je vous fais part, mon cher ami, du mariage de ma » Fille.

ÉRASTE.

Sa Fille ! il n'en a pas.

DAMIS.

N'ai-je pas dit son Fils ?

ÉRASTE.

Non.

DAMIS.

Ma bouche, en ce cas,
S'est méprise.... *Mon fils*, voilà le mot, (*briquen.*)

ÉRASTE.

De grace
Continuez.

DAMIS, *recommençant.*

« Je vous fais part, mon cher ami, du mariage de » mon fils, qui s'est fait à ma grande satisfaction.

ÉRASTE.

La chose a bien changé de face :
Ce mariage-là n'étoit point de son goût.

DAMIS.

Il vous le dit : tenez, écoutez jusqu'au bout.

(*Il lit.*)

« Je n'ai pas toujours pensé de même ; vous saurez les » raisons qui m'ont fait changer de sentiment : je ne vous

» écris qu'un mot, mais je vous dirai les détails à Paris,
» où je compte, dans peu, avoir le plaisir de vous em-
» brasser ».

ÉRASTE.

Il n'est donc plus si fort tourmenté de sa goutte!
Bien agréablement je me trouve surpris,
Je l'ai cru hors d'état d'entreprendre une route.

DAMIS.

La satisfaction.... Ce mariage.... Un fils....

ÉRASTE.

Je serai bien charmé de le voir à Paris.
Ce n'est pas un esprit frivole
Que celui-là : sur ma parole,
Peu de gens seront de son goût.
Avons-nous des hommes en France?
Des colifichets, & c'est tout.
Les précepteurs du monde à Londre ont pris naissance:
C'est d'eux qu'il faut prendre leçon.
Aussi je meurs d'impatience
D'y voyager. De par Newton
Je le verrai, ce pays où l'on pense.

BÉLISE.

Mon frere, on pense en tout pays:
Celui-là, selon vous, l'emporte sur le nôtre.
Mais voyez-le, & je vous prédis
Que vous en reviendrez meilleur juge du vôtre.

SCENE V.

Les Acteurs précédens, L'OLIVE.

ÉRASTE.

Que veut l'Olive encor ?

L'OLIVE.

Monsieur,
C'est que, dans ce moment, un cheval vous arrive,
Dont l'allure brillante & vive...

ÉRASTE.

Il faut le voir : c'est un Coureur
Que j'ai fait venir d'Angleterre,
Et qui, dans Neumarket, gagna plus d'un pari.

BÉLISE.

Oh bien ! je fais, mon frère, une gageure ici.

ÉRASTE.

Quoi donc ?

BÉLISE.

Qu'il étendra notre Sage par terre ;
Qu'à la Philosophie il cassera le cou.

ÉRASTE.

Votre amitié, ma sœur, mal-à-propos, s'effraye.

BÉLISE.

Je vous dis que vous êtes fou.
Il vous faut un cheval comme au pere Canaye,

Un doux & paiſible animal,
Qui, plus que ſon maître, ſoit ſage,
Et qui ne ſonge point à mal,
Tandis que votre eſprit dans la Lune voyage.

ÉRASTE.

Venez toujours voir celui-ci.

BÉLISE.

Trouvez bon que je reſte ici :
Tout ce que produit l'Angleterre,
Vous l'admirez ! moi, de ce pays-là
Tout me déplaît; charbon de terre,
Philoſophes, chevaux.

DAMIS.

Préjugés que cela,
Madame.

BÉLISE.

Oh ! quant à vous, Monſieur Blacmore, paſſe.
Malgré votre pays.... on peut vous faire grâce.

SCENE VI.

BÉLISE, FINETTE.

BÉLISE, *suivant des yeux Damis.*

SAIS-tu bien qu'il eſt fait au tour,
Finette? dans ſon air, cet Anglois eſt unique.

FINETTE.

Si bien que, dans ces lieux s'il fait quelque ſéjour,
Voilà pour vos vapeurs un fort bon ſpécifique.

BÉLISE.

Oh! Finette, déja j'en avois un tout prêt.

FINETTE.

Un tout prêt! comment donc? Je vous en loue, & c'eſt?

BÉLISE.

Un mari... Qui t'étonne? Eſt-ce donc qu'à mon âge
On ne peut pas encor ſonger au mariage?
Ne puis-je décemment brûler d'un chaſte feu?

FINETTE.

Déja veuve trois fois, c'eſt avoir du courage:
Vous êtes heureuſe à ce jeu;
Mais...

BÉLISE.

De mon choix, tu loueras la ſageſſe.

FINETTE.

Jeune?

BÉLISE.

Et sans ressembler à nos Marquis brillans,
Qui n'ont déja plus, à trente ans,
Que les travers de la jeunesse.

FINETTE.

De l'esprit?

BÉLISE.

Ce n'est pas précisément son lot;
Mais je n'ai pas besoin qu'il fasse d'épigramme:
Quand un époux aime sa femme,
Et l'aime bien, ce n'est jamais un sot.

FINETTE.

On ne peut mieux penser, Madame,
Ni plus sagement se pourvoir,
D'un autre œil, cependant, la chose se peut voir,
Et je crains qu'Éraste ne blâme...

BÉLISE.

Il approuvera mon projet.
Il faut qu'il file doux... J'ai surpris son secret.

FINETTE.

Quoi donc?...

BÉLISE.

Notre prétendu Sage....
(Je te croyois de meilleurs yeux.)
Tous ses discours fastidieux,
Contre l'Amour....

FINETTE.

Eh bien?

BÉLISE.

Vain étalage,
Syſtême de l'eſprit, démenti par le cœur;
Le ſien brûle en ſecret, Sophie eſt ſon vainqueur.

FINETTE.

Vous croyez, Madame, qu'il aime...

BÉLISE.

Oh! j'en ſuis ſûre.

FINETTE.

Chut! Madame; c'eſt lui-même.

SCENE VII.

BÉLISE, ÉRASTE, FINETTE.

BÉLISE.

Mon frère, vous boitez?

ÉRASTE.

Moi? Non.

BÉLISE.

La choſe eſt ſûre,
Vous boitez, vous dis-je.

ÉRASTE.

Oh! fort peu.

BÉLISE.

Je vois que j'avois fait une bonne gageure.

ÉRASTE.

Ce n'est rien.

BÉLISE.

Le Coureur aura joué son jeu.

ÉRASTE.

Une gaieté.

BÉLISE.

Je crains...

ÉRASTE.

Ma sœur, je vous en prie,
Laissons cela ; je veux vous parler de Sophie.
Je m'apperçois que, depuis quelque tems,
Elle n'a plus cette aimable folie,
Partage heureux de l'âge en son printems,
Lorsqu'ignorant encore & le monde & les choses,
Dans le champ de la vie on ne voit que des roses.
Finette, qu'en dis-tu ?

FINETTE.

Mais, Monsieur, entre nous,
Je dis qu'il n'en faut pas chercher bien loin les causes.

ÉRASTE.

Comment ?

BÉLISE.

Vous avez fait un projet des plus fous ;
Mais la Nature est plus forte que vous :
Vous ne la rendrez pas muette.
Je me trompe, ou déja Sophie éprouve en soi
Cette agitation secrette
D'une âme qui se sent sourdement inquiette,

Sans bien ſavoir encor pourquoi.

FINETTE.

Il faudroit à Sophie autre choſe qu'un livre.
A ſon âge, Monſieur, le cœur a ſes beſoins.
Un époux, par ſes tendres ſoins,
Fait ſentir qu'il eſt doux de vivre.

ÉRASTE.

De quoi parles-tu là ? D'un être de raiſon :
Eſt-ce donc pour s'aimer que l'on s'épouſe ? Bon !
On veut perpétuer ſa race,
On veut tenir un grand état,
L'Avarice & l'Orgueil préſident au contrat ;
Mais bientôt, lit à part, table où l'ennui ſe place,
Écarts des deux côtés, ſouvent fâcheux éclat
Font voir que le bonheur n'eſt pas dans l'opulence ;
Qu'en l'irritant ſans ceſſe, on éteint le deſir,
Et que ſouvent le Riche a tout en abondance
Hors l'innocence & le plaiſir.

BÉLISE.

Mais croyez-vous, mon frère, que Sophie
Puiſſe avec vous demeurer décemment ?
Quand je n'y ſerai plus ?

ÉRASTE.

Comment !
Vous voulez me quitter ?

BÉLISE.

Mais.... Je me remarie.

ÉRASTE.

Ma ſœur, c'eſt une raillerie.

BÉLISE.

BÉLISE.

Raillerie eſt fort bon.... Oh ! c'eſt un fait certain,
Demandez à Finette.

ÉRASTE.

Entre nous, je vous prie,
Vous avez fait mourir trois maris de chagrin,
Et n'êtes pas contente ?

FINETTE.

On n'en ſauroit rabattre :
Nous avons fait le vœu d'en expédier quatre.

BÉLISE.

Je n'aime pas vos libertés,
Finette ; laiſſez-nous, ſortez.

FINETTE, *ſort.*

SCENE VIII.

BÉLISE, ÉRASTE.

ÉRASTE.

A vos dépens, au moins, elle a ſujet de rire,
Vous êtes folle ; il faut le dire ;
Et vous allez ſur vous attirer les railleurs.

BÉLISE.

Je vous dirai, mon frère, en termes plus honnêtes,
Qu'un Sage (puiſqu'enfin, pour nos péchés, vous l'êtes)
N'eſt bon qu'à donner des vapeurs ;

Que dans votre logis l'ennui par trop abonde,
Que depuis un an je m'en meurs ;
Un mari, du moins on le gronde ;
C'eſt un amuſement.

ÉRASTE.

Je vous croyois pour moi
Plus d'amitié, ma ſœur.

BÉLISE.

Eh! mais, en bonne foi,
J'en ai beaucoup. Chez vous, mon frère,
Le cœur eſt excellent : quant à l'eſprit....

ÉRASTE.

Eh bien!

BÉLISE.

Souffrez que je n'en diſe rien :
Vous voulez que l'on ſoit ſincère,
Je pourrois l'être trop.

ÉRASTE.

Enfin, vous me quittez ;
Et d'un nouvel époux....

BÉLISE.

C'eſt choſe décidée ;
Mais il me vient, pour vous, une excellente idée.

ÉRASTE.

Pour moi?

BÉLISE.

Pour vous même : écoutez.
A l'aimable Sophie, à vous, je m'intéreſſe ;
Épouſez-la.

ÉRASTE.

Vous plaisantez.

(*A part.*)

Connoîtroit-elle ma foiblesse ?

BÉLISE, *d'un air malin.*

Sophie a des appas.

ÉRASTE, *d'un air embarrassé.*

Son âme a des beautés.

BÉLISE.

Oh ! oui : deux grands yeux pleins de flâme
Embellissent beaucoup une âme...
Mon frère, parlons sans détour,
Plus d'un Sage s'est pris aux piéges de l'amour.
Tandis que contre lui vous préveniez Sophie,
Le drôle, en tapinois, à la philosophie
N'auroit-il pas joué d'un tour ?

ÉRASTE.

(*A part.*) (*Haut.*)
Il est trop vrai.... Ma sœur, vous êtes femme ;
Vous voyez de l'amour par tout.

BÉLISE.

Mon frère, contre lui tel hautement déclame
Dont il pousse le cœur secrettement à bout.

ÉRASTE.

Eh ! mais....

BÉLISE.

Riche, & d'un sang dont l'origine est pure ;
Votre septieme lustre à peine est révolu....

ÉRASTE.

Il est vrai que, sortant de la Magistrature,
Ainsi que je l'ai résolu....

BÉLISE.

Quant à ce dernier point, il ne sauroit me plaire;
Mais ce projet encor n'est formé qu'à demi,
Et vous m'avez promis expressément, mon frère,
Que vous consulteriez Lisimon votre ami.

ÉRASTE.

Je l'attends ce jour même, & vous tiendrai parole;
Mais de ses sentimens je suis très-assuré.
A l'amour des beaux-arts, à l'étude livré,
Pour l'Hélicon, lui-même a quitté le Pactole.

BÉLISE.

Sa sagesse me plaît, elle n'a rien d'outré.
Quant à notre Orpheline.... Oh! je la vois paroître.

ÉRASTE.

Elle semble rêver.

BÉLISE.

Vous voilà tout ému.
Comme Amant, faites-vous connoître:
Dévoilez votre cœur à son cœur ingénu.
Tâchez de dérider ce front triste & sévère;
C'est un enfant qui n'a rien vu.
Que sait-on? Vous pourrez lui plaire.

(*Elle sort.*)

SCENE IX.

ÉRASTE, SOPHIE.

SOPHIE, *rêvant.*

Rien n'est égal au trouble de mon cœur :
Éraste a bien raison : le tourment de la vie,
C'est d'aimer....

ÉRASTE, *à part.*

Comment puis-je, avec quelque pudeur,
Lui chanter la palinodie ?
(*Haut.*)
A quoi rêvez-vous donc, Sophie,
En vous parlant ainsi tout haut ?

SOPHIE, *à part.*

O ciel ! me serois-je trahie ?
(*Haut.*)
A rien, Monsieur, ou peu s'en faut.
Je laissois ma pensée errer à l'aventure.

ÉRASTE, *à part.*

Que lui dirai-je ? O que l'amour
Fait faire une sotte figure !
Je veux parler, & n'ose.

SOPHIE.

A votre tour,
Vous rêvez, Monsieur.

ÉRASTE.

Ah ! Sophie... ?
Vous voyez contre vous un homme bien fâché.

SOPHIE.

Contre moi !

ÉRASTE, *à part.*

Je n'ai de ma vie
Senti trouble pareil.

SOPHIE.

Qu'avez-vous ?

ÉRASTE.

Ce que j'ai !
De l'amour.

SOPHIE.

De l'amour !

ÉRASTE.

Pour la Philosophie.
Gardez-vous de penser qu'un cœur tel que le mien...

SOPHIE.

Vous n'aimez qu'elle, on le sait bien ;
Vous méprisez fort ceux qu'un autre amour engage.

ÉRASTE.

Mépriser, c'est beaucoup. (*A part.*) J'enrage.

SOPHIE.

Éraste, je n'y conçois rien ;
Mon étonnement est extrême :
Votre air & votre ton... Vous n'êtes pas le même.
Vous aurois-je déplu, Monsieur, sans le savoir ?

ÉRASTE.

Eh ! morbleu... de déplaire avez-vous le pouvoir?...
Mais puisqu'un sage, enfin, n'est marbre ni statue...

SOPHIE.

Daignez poursuivre.

ÉRASTE.

Non.

SOPHIE.

Je reste confondue :
Quoi donc ! un Philosophe, au trouble, aux passions
Seroit-il sujet comme un autre ?
Mais s'il me souvient bien de vos expressions,
L'âme d'un sage (& c'est la vôtre)
Plane loin de la terre, & ressemble à ces monts
Dont un Ciel libre & pur environne la tête ;
Tandis qu'à leur pied la tempête
Obscurcit les tristes vallons.
Voilà, plus d'une fois, ce que m'ont fait entendre
Vos sublimes comparaisons.

ÉRASTE.

Je vous marquois le but où le Sage doit tendre ;
Mais vous me faites trop sentir
Combien tout homme est loin de pouvoir y prétendre.

SOPHIE.

(*A part.*)
Il connoît ma foiblesse... Éraste !

ÉRASTE.

Il faut sortir.
Je ne puis me résoudre à m'expliquer moi-même,
J'aurois trop à rougir.... Adieu.

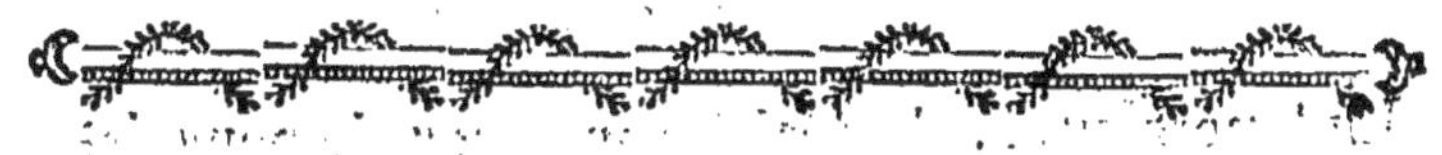

SCENE X.

SOPHIE, *seule.*

A la brusque façon dont il quitte ce lieu,
Dans le fond de mon cœur il aura lu que j'aime,
Que j'ai trahi les soins qu'il prit de me former:
Mais aussi, vivre sans aimer!
Si c'est-là le bonheur, c'est un bonheur bien triste.
N'importe, il faut me vaincre... oui... mon cœur y résiste.
Mais....

SCENE XI.

SOPHIE, FINETTE; DAMIS, *derriere, & ne se montrant pas.*

FINETTE.

DAMIS avec vous desire un entretien.

SOPHIE.

Je l'ai trop écouté.

FINETTE.

Cependant il insiste,
Et vous cherche.

SOPHIE.

Oh bien ! moi, je n'écoute plus rien.
Annoncez-lui que, s'il persiste
A rester en ce lieu contre ma volonté,
On saura sa témérité.
Je veux qu'il s'éloigne sur l'heure :
Je deviens sa complice en le souffrant ici.

DAMIS, *se jettant à ses pieds.*

Dites que vous voulez qu'il meure.

SOPHIE.

Quoi ! vous me surprenez ainsi !...
Et ne voilà-t il pas, Damis, qu'à votre vue,
Malgré moi, mon ame est émue,
Et que je ne sais plus déja
Ce que mon propre cœur desire....
(*Vivement.*)
Oh ! levez-vous : tenez, cette attitude-là
Vous donne sur moi trop d'empire :
Vous me feriez d'Éraste oublier les leçons.

DAMIS.

Voulez-vous préférer de folles visions
Aux tendres sentimens d'un cœur qui vous adore ?
Éraste est un extravagant.

SOPHIE.

Parlez mieux, s'il vous plaît, d'un homme que j'honore :
Je garde à ses bontés un cœur reconnoissant ;
Et sachant à quel point je lui suis redevable,
Vous m'outragez, en l'offensant ;
Il m'est cher, il m'est respectable.

DAMIS.

Pardonnez si l'amour....

SOPHIE.

Contre mon bienfaiteur
Je ne puis souffrir qu'il éclate :
Il perd tout pouvoir sur mon cœur,
Quand vous me voulez rendre ingrate.

DAMIS.

Ces sentimens vous font honneur,
Sophie ; & je me prête à leur délicatesse :
Je ne dirai rien qui la blesse.
Qu'Éraste soit un sage, il le veut, j'y consens :
De son cœur je connois, j'admire la noblesse ;
Mais que dans la fleur de vos ans
Il veuille qu'à l'étude uniquement livrée,
Votre âme interdise l'entrée
A l'amour, ce sentiment doux,
Et j'ose dire encor le plus noble de tous,
Lorsque sa flâme est épurée :
C'est une façon de penser
Qu'on peut, je crois, sans l'offenser,
Appeller, tout au moins, chimérique & cruelle.

(*Vivement.*)

Mais c'est à vous que j'en appelle,
A votre propre cœur, qui, prompt à démentir
D'un systême si vain la bisarre imposture,
Vous dit de préférer le bonheur de sentir
A l'orgueil insensé de dompter la nature.

SOPHIE.

Je l'avouerai, Damis ; si j'en croyois mon cœur.

DAMIS, *vivement.*

Vous parle-t-il en ma faveur?
J'ai voulu m'assurer du bonheur de vous plaire,
Avant de faire agir mon oncle Lisimon.
Votre Tuteur le considère,
Il est son oracle, dit-on.
Puisqu'à mes voeux, enfin, vous n'êtes pas contraire...

SOPHIE.

Je voudrois l'être.

DAMIS, *en la regardant tendrement.*

O Ciel! vous le voudriez?

SOPHIE, *le regardant tendrement.*

Non.

DAMIS.

Pourquoi donc, charmante Sophie?...

SOPHIE.

A vos discours, Damis, je crains de m'arrêter;
Les Amans sont flatteurs, il faut qu'on s'en défie.
Éraste me l'a dit.

DAMIS.

Eh! peut-on vous flatter?
Avez-vous un regard, un souris qui ne touche?
Sort-il un mot de votre bouche,
Qui n'aille de l'oreille au cœur?
Le son de votre voix n'est-il pas enchanteur?
Quelle autre a, comme vous, cette grâce naïve,
Plus rare encor que la beauté,
Et qui, mieux qu'elle, nous captive?..
Vous flatter!

SCENE XII.

Les Acteurs précédens; ÉRASTE, *au fond du Théâtre.*

FINETTE, *à Damis.*

Prenez garde : on vient de ce côté.
Érafte... Il pourroit vous entendre.

DAMIS.

(*Bas.*) (*Haut, avec l'accent Anglois.*)
Laiffez-moi faire. Eh bien! jugez par cet effai,
Si nos Auteurs n'ont pas cette expreffion tendre....
(*A Érafte qui s'eft avancé.*)
Je lui difois, Monfieur, un beau morceau d'Othouai;
Mademoifelle s'imagine
Qu'il n'a rien d'égal à Racine.

ÉRASTE.

Oh!

SOPHIE.

Mais exprime-t-il un fentiment bien vrai?
Je crains...

DAMIS.

C'eft la nature même;
Mon Auteur ne feint point, fon art eft de fentir.

ÉRASTE.

Celui de vos Auteurs, qu'avant tout autre j'aime:
C'eft Shakfpéar.

DAMIS.

Nous prononçons, Chefpir

ÉRASTE.

Chefpir foit : mais en tout j'admire fa manière :
J'aime des Foffoyeurs qui, dans un Cimetière,
Moralifent gaiment fur des têtes de morts :
Nous n'avons rien chez nous de fi philofophique.
Nos efprits, pour cela, ne font pas affez forts...
Othouai, dit-on, eft pathétique,
Et je voudrois entendre ce morceau...

DAMIS.

Oui, mais...

ÉRASTE.

Quoi donc ?

DAMIS.

Seroit-il beau
Qu'un Sage, en matière pareille...
C'eft de l'amour... L'amour offenfe votre oreille.

ÉRASTE.

C'eft de l'amour Anglois, je faurai me prêter.
Voyons.

DAMIS.

Il faut vous contenter.

ERASTE.

A quoi rêvez-vous donc ?

DAMIS.

Je cherche à vous bien rendre
Ce que l'Auteur fait dire à l'Amant le plus tendre :
« Abjurez une trifte erreur.

» Le Ciel à l'humaine Nature
» Donna la beauté pour parure,
» Et l'Amour pour consolateur.
» Dans le calice de la vie,
» C'est une goutte d'Ambroisie,
» Qu'y versa la bonté des Cieux.
» On vous a peint l'Amour de crayons odieux;
» Voyez-le tel qu'il est... Il s'est peint dans mes yeux.
» Ils vous disent : je vous adore ;
» Mon cœur vous le dit encor mieux.

ÉRASTE.

Savez-vous bien, Monsieur Blacmore,
Que vous seriez Comédien parfait ?
Ma foi, si je n'étois au fait,
Je croirois voir en vous un Amant véritable.

DAMIS.

Fi donc!... & le morceau ?

ÉRASTE.

Charmant : nos Traducteurs
M'ont fait un peu connoître vos Auteurs.
Les nôtres n'ont plus rien qui me soit supportable.
Avons-nous un Poëte à Pope comparable ?
Depuis qu'il a prouvé qu'ici bas tout est bien,
Je verrois tout aller au Diable,
Que je croirois qu'il n'en est rien.
(*A Sophie.*)
Inceſſamment vous pourrez lire,
En original, cet Auteur.
Sentez-vous bien votre bonheur ?
Oh ! çà, Monsieur, daignez me dire,

Lui trouvez-vous des dispositions ?
Sera-t-elle bientôt habile ?

DAMIS.

Il le faut espérer, pourvu qu'à mes leçons,
Mademoiselle soit docile.

ÉRASTE.

Comptez là-dessus, j'en réponds.
(Sophie & Finette rient.)
Finette & vous, pourquoi donc rire ?
De ce que je promets, n'êtes-vous pas d'accord ?

SOPHIE.

Eh mais....

ÉRASTE.

Vous me fâcheriez fort
Si vous ne faisiez pas ce que Monsieur desire.

FINETTE.

Oh ! c'est bien notre intention.

ÉRASTE.

Eh bien ? vous nous quittez, Sophie ?

SOPHIE.

Oui, je vais au Jardin.
(Elle sort avec Finette.)

ÉRASTE, *à Damis.*

Faites-leur compagnie.
Tout en se promenant elle prendra leçon...
Si cependant cela vous contrarie,
Vous pourriez préférer mon entretien.

DAMIS.

Oui ; mais
Le devoir avant tout, & le plaisir après.

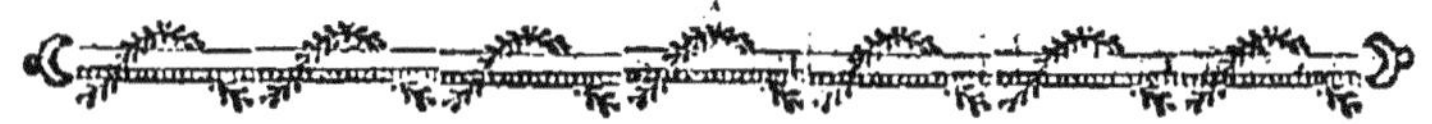

SCENE XIII.

ÉRASTE, *seul.*

CE Maître me plaît fort : j'admire ses lumières :
Qu'à son âge on trouve un François
Également versé dans toutes les matières !
Ma Pupille, avec lui, fera de grands progrès...
Mais toujours ma Pupille... ô Ciel ! quelle est ma honte !
Sophie, un enfant me surmonte :
D'où naît donc son pouvoir sur moi ?
Eh bien ! des yeux, un teint... est-ce donc là de quoi
Renverser la tête du Sage ?
Qu'est-ce que la beauté ? Rien qu'un vain assemblage
De traits & de couleurs... C'est fort bien raisonner.
D'où vient donc que je sens le contraire ? J'enrage,
Et ne puis me le pardonner :
Sophie... Elle est là... J'ai beau faire...
Épousons-la, prenons une moitié...
Newton ne s'est pas marié ;
On me regardera comme un homme ordinaire...
N'entends-je pas une voiture ? Oui.
Ce sera Lisimon ; je l'attends aujourd'hui :
Et je prétends sur cette affaire...
Je ne me trompois pas : c'est lui.

SCENE

SCENE XIV.

ÉRASTE, LISIMON.

ÉRASTE.

AH ! mon cher Lisimon, que dans cet hermitage
Il m'est doux de vous recevoir !
Que j'aurai de plaisir à posséder un Sage !

LISIMON.

Je suis, de mon côté, charmé de vous y voir ;
Mais que d'un autre nom votre bouche me nomme :
Ce titre est trop peu fait pour l'homme ;
Le moins sage est celui qui croit l'être le plus.

ÉRASTE.

Mais ceux qui savent vous connoître... ?

LISIMON.

Éraste, brisons là-dessus.
Vous savez qu'un des points entre nous convenus,
C'est de ne point flatter.

ÉRASTE.

Eh bien donc ! mon cher Maître ;
Je veux vous faire part d'un parti que je prends.

LISIMON.

Je vous parlerai vrai.

ÉRASTE.

C'est à quoi je m'attends,

Vous êtes Philosophe, & m'apprîtes à l'être.

LISIMON.

La chose est aujourd'hui plus rare que le mot.
C'est un nom que chacun s'arroge:
Aussi c'étoit jadis éloge,
C'est injure à présent.

ÉRASTE.

Dans la bouche d'un sot.

LISIMON.

Il est vrai : mais mon cher Éraste,
Savez-vous ce que c'est qu'un Philosophe ?

ÉRASTE.

Quoi ? ...

LISIMON.

Vous croyez le savoir... Si je vous disois, moi,
Que vous-même, souvent, en offrez le contraste:
Le Philosophe fuit la singularité;
Il n'est jamais rien avec faste;
Même en le condamnant, il suit l'ordre arrêté;
Et, sans se distinguer, vétu suivant l'usage,
Croit la seule vertu l'uniforme du Sage.

ÉRASTE.

Mais ...

LISIMON.

S'il combat le vice & s'oppose à l'erreur,

Ses leçons aux Humains ne sont point des outrages :
Simple en ses actions, modeste en ses ouvrages ;
Il instruit sans orgueil, & blâme sans aigreur.
Voyez si ce portrait, Éraste, vous ressemble.

ÉRASTE.

Mais si je puis, Monsieur, dire ce qui m'en semble,
Pour fuir l'air prétendu de singularité,
Faut-il suivre en aveugle un vulgaire hébété ?
Doit-on, à votre avis, respectant les usages,
Agir comme les fous, pensant comme les Sages ?
Est-ce ma faute, à moi, si je suis singulier ?
Je suis comme on doit être.

LISIMON.

On ne sauroit nier
Qu'il est des cas...

ÉRASTE.

Eh bien ! malgré cette apostrophe,
Vous conviendrez, pourtant, que je suis Philosophe :
Je vais quitter ma charge.

LISIMON.

Ah ! que dites-vous là ?
Qui peut donc, s'il vous plaît, vous forcer à cela ?

ÉRASTE.

Je prétends, dans ma solitude,
Ami de la Sagesse & de la Vérité,
En faire mon unique étude.

LISIMON.

Érafte, ce projet n'eft pas bien médité :
Vous aurez de la peine à trouver des excufes.

ÉRASTE.

Eh quoi ! n'avez-vous pas quitté
Le Palais de Plutus pour le Temple des Mufes ?
Je comptois, Lifimon, que vous m'approuveriez.

LISIMON.

Le cas eft différent. J'ai pu fouler aux pieds
L'Intérêt, ce vil Dieu, qu'aujourd'hui l'on adore ;
Mais vous, qui, Juge intègre, & fage Magiftrat,
Tenez près de Thémis un rang qui vous honore,
Votre premier devoir eft de fervir l'État.

ÉRASTE.

Eclairer fon pays, c'eft le fervir.

LISIMON.

Sans doute ;
Mais peu de gens font faits pour fuivre cette route.
Pour l'inftinct du génie on prend fa vanité,
Et, quand il n'eft pas fûr qu'on foit de cette étoffe,
Quitter un pofte utile à la fociété,
C'eft être déferteur & non pas Philofophe.

ÉRASTE.

Mais....

LISIMON.

Quitter votre charge, ah ! c'eft un dernier trait
Contre lequel il faut qu'ouvertement j'éclate :
Qu'un autre applaudiffe & vous flatte ;
Mais moi, je vous le dis tout net,

Renoncez à votre projet,
Ou je romps, dès ce jour, avec vous tout commerce:
A la philosophie on impute vos torts.

ÉRASTE.

Est-ce ma faute à moi, s'il n'est point de butors
Dont la plume aujourd'hui contre elle ne s'exerce?

LISIMON.

Oui, c'est par vos pareils, par vous (je le maintiens)
Que la philosophie est en bute aux outrages.
Semblables aux Européens
Qui fournissent, contre eux, de la poudre aux Sauvages,
Vous donnez des armes aux sots;
De vos travers ils se prévalent,
Avec emphase ils les étalent,
Et pensent, tout au moins, devenir les égaux
Des hommes éminens que sans cesse ils ravalent.

ÉRASTE.

Ne fut-il pas toujours des sots & des méchans,
Ennemis nés de la philosophie?
Et leurs traits n'ont-ils pas poursuivi de tout tems
Le talent qu'on admire & qui les humilie?

LISIMON.

C'est quelquefois sa faute.

ÉRASTE.

Eh! comment, s'il vous plaît?

LISIMON.

Je dis la chose comme elle est.
(Avec chaleur.)
Si d'être célébré vous avez la manie,

Qu'avez-vous besoin de travers ?
Les moyens vous en sont offerts ;
Occupez-vous des loix dont vous êtes l'organe ;
Combattez, détruisez l'hydre de la chicane ;
Veillez pour l'orphelin, secourez l'innocent,
Rendez, surtout au foible, une prompte justice ;
Qu'aux yeux de la beauté, qu'à la voix du puissant,
La balance jamais dans vos mains ne fléchisse.
Aux devoirs d'un si noble emploi
Immolez vos plaisirs, immolez-vous vous-même.
Sachez qu'on ne s'éleve à la gloire suprême
Qu'autant qu'on ne vit pas pour soi.
Vous passerez encor pour singulier, peut-être ;
Mais, mon cher ami, croyez-moi,
C'est ainsi qu'il est beau de l'être.

ÉRASTE.

Vous m'échauffez ; je sens que vous avez raison.
Je crois votre conseil & garderai ma place.

LISIMON.

Ah ! venez que je vous embrasse.
Si je vous ai parlé trop vivement, pardon.
Je sais tout ce qu'en vous le ciel a mis de bon.
Par exemple, vos soins pour la jeune Sophie
Honorent la philosophie.
Quels sont, sur elle, vos desseins ?
Vous rougissez !

ÉRASTE.

Comment vous avouer que j'aime ?
Votre sagesse, que je crains,
Ne me passera pas cette foiblesse extrême.
Vous condamnez l'amour.

LISIMON.

Ceſſez de vous troubler :
La philoſophie eſt moins dure,
Et ſe propoſe de régler,
Non de détruire la nature.

ÉRASTE.

Mais moi, me marier !...

LISIMON.

Hé ! qui donc, s'il vous plaît,
Sera bon citoyen, bon époux & bon père,
Si le Philoſophe ne l'eſt ?
Son exemple eſt, ſurtout aujourd'hui, néceſſaire.
Éraſte, vous deviez à Sophie un époux ;
J'approuve fort que ce ſoit vous,
Et cela m'impoſe ſilence.

ÉRASTE.

Sur quoi ?

LISIMON.

J'avois deſſein de vous la demander
Pour mon Neveu, jeune homme d'eſpérance,
Qui doit un jour à mes biens ſuccéder.

ÉRASTE.

J'euſſe aimé fort une telle alliance.

LISIMON.

A votre projet, moi, de grand cœur, j'applaudis.

ÉRASTE.

Ce mariage-là fera du bruit, je penſe.

LISIMON.

Mais, non : rien n'eſt plus ſimple.

ÉRASTE.

Oh ! point : tous nos amis,
Milord Cobbam, furtout, en fera bien furpris.

LISIMON.

Je viens d'avoir de fes nouvelles.

ÉRASTE.

Je viens d'en recevoir auffi.

LISIMON.

Je le plains fort : fon fils lui vient d'être ravi ;
Il m'écrit qu'il en eft dans des peines cruelles.

ÉRASTE.

De qui parlez-vous ?

LISIMON.

De Milord.

ÉRASTE.

De Milord Cobbam ?

LISIMON.

Oui.

ÉRASTE.

Vous me furprenez fort.
Son fils vient d'époufer cette riche héritiere....

LISIMON.

Qui vous a fait ce beau rapport ?

ÉRASTE.

Son père me le mande.

LISIMON,

Il me mande fa mort.

ÉRASTE.

Parbleu! la chose est singulière,

Ma lettre est du vingtieme.

LISIMON.

Et la mienne est du vingt.

ERASTE, *tirant sa lettre.*

Voyez.

LISIMON.

C'est de Milord l'écriture & le seing.

ÉRASTE.

Lisez.

LISIMON.

Dans notre langue il faut vous la traduire.

(*Il lit.*)

« Mon cher ami, c'est le plus malheureux des peres » qui vous écrit : j'ai perdu mon fils en deux jours, sa » mort.... »

Eh! bien, ai-je raison?

ÉRASTE.

Je ne sais plus que dire :

Rendez-vous bien le sens, Lisimon.

LISIMON.

Mot à mot.

Qu'avez-vous donc?

ÉRASTE.

J'ai... que je suis un sot.

Holà! quelqu'un! allez, faites venir Blacmore.

LISIMON.

Quel est donc ce Blacmore ?

ÉRASTE.

Un homme, je le voi,
Qui (comme bien des gens dont c'est-là tout l'emploi)
Fait métier de montrer ce que lui-même ignore.

SCENE XV.

ÉRASTE, LISIMON, DAMIS.

ÉRASTE.

MONSIEUR le Maître Anglois, approchez.

DAMIS.

Je suis pris :
C'est Lisimon.

ÉRASTE, *à Lisimon, qui éclate de rire.*

Eh mais ! pourquoi donc tous ces ris ?

LISIMON.

Parbleu ! c'est que le tour est drôle.
Votre Anglais, natif de Paris,
A tout-à-fait l'air de son rôle.
Mais savez-vous qui c'est ?

ÉRASTE.

Un fripon.

LISIMON.

Mon neveu.

ÉRASTE.

Damis ! je suis surpris on ne peut davantage. . . .

LISIMON.

Cette plaisanterie est un jeu de son âge.

DAMIS.

Non, Monsieur ; pardonnez, il faut faire un aveu ;
L'amour m'a fait ici jouer ce personnage ;
Et Sophie. . . .

LISIMON.

Oh ! ceci passe le jeu.

DAMIS.

Tous les cœurs lui doivent hommage ;
Le mien de ses vertus charmé...
(*A son oncle qui paroît indigné.*)
Vous me condamnerez ; vous n'avez point aimé.

LISIMON.

Oui, Monsieur, très-fort, je vous blâme :
Ne tient-il donc qu'à suivre une imprudente flâme ?
L'amour ne sert d'excuse à rien,
De notre caractère il emprunte le sien ;
Et par de nobles traits se faisant reconnoître,
Dans un cœur vertueux l'amour se plaît à l'être.
Du vôtre, mon Neveu, songez à triompher.

DAMIS.

Cet amour est ma vie.

LISIMON.

Il le faut étouffer.

DAMIS.

Vous voulez donc, mon Oncle, que j'expire ?

LISIMON.

On ne meurt point, Monsieur, & l'on fait son devoir;
Mais, pour vous ôter tout espoir,
Sachez, puisqu'il faut vous le dire,
Qu'Éraste pour Sophie a fait choix d'un époux.

DAMIS, *à Éraste.*

C'est donc à moi, Monsieur, d'embrasser vos genoux.
Verrez-vous sans pitié mon désespoir extrême?
Mais où se cache ce rival?
Mérite-t-il?...

LISIMON.

Damis, n'en dites point de mal:
Vous étiez à ses pieds.

ÉRASTE, *qui, pendant le dialogue de l'Oncle & du Neveu, a paru rêver profondément.*

Oui, Monsieur, c'est moi-même,
Et mon amour au vôtre est tout au moins égal.
(Il va au fond du Théâtre.)
Que l'on fasse venir Sophie.

LISIMON.

Vous voyez, mon Neveu, qu'il n'y faut plus songer.

DAMIS, *vivement.*

Rien mon oncle, non, rien ne m'en peut dégager;
Et si je vous suis cher...

LISIMON.

Mais c'est de la folie.
(A Éraste qui revient.)
Quel est votre dessein, Éraste, je vous prie?

ÉRASTE.

Vous allez entendre & juger.

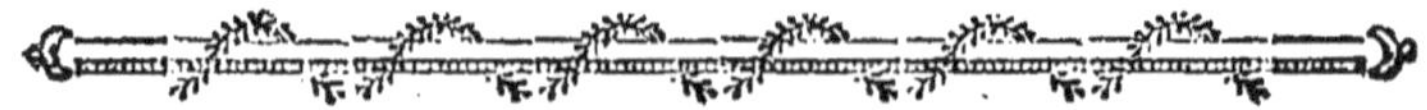

SCENE XVI ET DERNIÈRE.

ÉRASTE, LISIMON, DAMIS, SOPHIE, BÉLISE, FINETTE.

ÉRASTE.

Approchez-vous, Sophie, & prêtez-moi silence.
Vous savez, depuis votre enfance,
Tous les soins que j'ai pris de vous:
Vos vertus sont ma récompense;
Mais je ne suis pas quitte, il vous faut un époux....
D'une aimable rougeur votre front se colore,
Sophie, & vous baissez les yeux.

SOPHIE, *avec embarras.*

Monsieur.

ÉRASTE.

Cet embarras vous embellit encore.

FINETTE.

Rougir au mot d'époux, c'est s'expliquer au mieux.

BÉLISE.

C'est répondre d'après nature.

ÉRASTE.

Il faut donc en remplir le vœu.
Des foiblesses d'un cœur qui cachoit sa blessure,
Il faut vous faire aussi l'aveu:
Tandis que chargeant sa peinture,

Je vous offrois l'Amour ſous des traits odieux ;
Le traître, caché dans vos yeux,
Rioit de mes leçons, & gravoit dans mon âme
Votre portrait en traits de flâme.

SOPHIE.

Vous aimez ! mais, Monſieur, ce n'eſt donc point un mal?

DAMIS, *vivement.*

C'eſt un bien qui n'a point d'égal.

SOPHIE, *à Éraſte.*

Vous me trompiez !

ÉRASTE.

Je me trompois moi-même :
Il eſt trop vrai que je vous aime,
Et qu'à vous poſſéder j'attache mon bonheur ;
Mais je n'ai jamais ſçu tyranniſer un cœur :
Et quel que ſoit pour vous l'excès de ma tendreſſe,
Je veux de votre choix que vous ſoyez maitreſſe :
Je vous donne pour dot cinquante mille écus...
Point de complimens là-deſſus :
Je vous ai tenu lieu de père,
Et c'eſt à moi de vous doter.

SOPHIE, *pénétrée.*

Ah ! comment pourrai-je acquitter ?...

ÉRASTE.

Je n'ai rien fait pour vous que ce que j'ai dû faire :
Votre père, en mourant, me légua votre ſort :
J'ai fait honneur au legs : mais je rougirois fort
De penſer que ce fût un titre pour vous plaire ;
Conſultez votre cœur pour donner votre foi,

Et choisissez entre Damis & moi.

SOPHIE, *à part.*

Qu'un si beau procédé me confond & me touche!

DAMIS, *vivement.*

Sophie, avant que de fixer mon sort,
Songez, hélas! songez que votre bouche
Va prononcer, ou ma vie, ou ma mort:
Je ne veux point de la dot qu'on vous donne.
Riche assez de vous posséder,
Je ne veux que votre personne;
Mais je meurs, s'il faut vous céder.

LISIMON.

Jeune insensé, vous voulez que Sophie
A vos desirs lâchement sacrifie
Ce qu'elle doit...

DAMIS, *avec la plus grande chaleur.*

Oui, j'espère... Je veux.
Vous ignorez, mon oncle, comme on aime;
Un cœur dont l'amour est extrême,
Ne sait point renoncer à l'objet de ses vœux.
Le véritable amour n'est point si généreux;
Il immole tout... hors lui-même.
(Il se jette aux pieds de Sophie.)
J'attends mon arrêt à vos pieds.

SOPHIE, *à part.*

O Ciel! dans quel trouble il me jette!
(A Damis.)
Je prétends que vous vous leviez,
Damis; levez-vous, dis-je, ou ma bouche est muette.

ÉRASTE, *à part.*

Je vois qu'il eſt aimé.

SOPHIE, *à part.*

Que vais-je prononcer?

(*Haut.*)

Éraſte, vos bienfaits ont des droits ſur mon âme,
Que rien jamais ne pourra balancer.
Vous avez beau vouloir y renoncer,
Et ne laiſſer parler que votre flâme,
Plus vous les oubliez, & plus je m'en ſouvien...
Mais pourquoi vous montrer ſous des dehors auſtères?
Pourquoi contre l'Amour ces diſcours ſi ſévères?
M'ont-ils dû diſpoſer à ce tendre lien;
Et lorſque votre amour éclate,
Pourrai-je?... Oui, je puis tout, plutôt que d'être ingrate
Et dût votre bonheur me coûter tout le mien,
Fallût-il vous donner ma vie ..
Je ſuis prête...

ÉRASTE.

Achevez... Vous vous troublez, Sophie.

SOPHIE, *avec effort.*

Non, Monſieur.

ÉRASTE.

Eh bien donc?

SOPHIE. *Elle regarde Damis, ſoupire, & préſente ſa main à Éraſte.*

Mon devoir eſt ma loi:
Voici ma main, Éraſte.

DAMIS.

O Ciel!

ÉRASTE

ÉRASTE.

Je la reçoi.

(*Après une pause.*)

Mais, Damis, c'est pour vous la rendre.

DAMIS.

Qu'entends-je ?...

SOPHIE.

Quoi, Monsieur !

ÉRASTE.

Je fais ce que doi :
A vos vrais sentimens je ne puis me méprendre.
Vous avez beau vouloir vous vaincre en ma faveur,
Damis possède votre cœur :
C'est à moi, sur le mien, d'emporter la victoire.

DAMIS.

Je doute si je veille, & j'ai peine à vous croire ;
De ce bonheur inattendu
Mon esprit encor se défie...
Parlez donc, charmante Sophie.

SOPHIE, *à Éraste.*

Dans le saisissement de mon cœur éperdu,
J'ai peine à trouver des paroles...

ÉRASTE.

Ce sont témoignages frivoles :
Il n'en est pas besoin, votre cœur m'est connu.

SOPHIE.

Que je sens bien tout ce qui vous est dû !

ÉRASTE.

Je fais votre bonheur, il ſera mon ſalaire;
J'exige cependant une grâce de vous.

SOPHIE.

Parlez, Monſieur, que faut-il faire?

ÉRASTE.

En aimant Damis comme époux,
Me chérir encor comme père.

SOPHIE.

Ce dernier trait achève, & met le comble à tous.

DAMIS & SOPHIE *ſe jettent aux pieds d'Éraſte.*

Nous ſommes vos enfans.

BÉLISE.

Il faut pourtant le dire:
Les Philoſophes ſont des fous,
Que, malgré ſoi, quelquefois l'on admire.

LISIMON, *à Éraſte.*

C'eſt avoir ſur vous-même, Éraſte, un grand empire.
Ce ſublime effort de raiſon
Eſt d'un rare & pénible uſage.
Ne ſoyez ſingulier que de cette façon,
Et le Public en vous reſpectera le Sage.

FIN.

ÉPÎTRE

A UN JEUNE POETE,

Qui veut renoncer aux Muses.

FAVORI d'Apollon, ô toi! dont Polymnie
Eclaira le berceau des rayons du génie,
Qui dans un vers facile, harmonieux, flatteur,
Sais, en charmant l'oreille, intéresser le cœur,
Est-i lvrai, que cédant au dépit qui t'anime,
Abjurant les neuf Sœurs, & maudissant la rime,
Tu laisses le champ libre à tes heureux Rivaux?
Je sais que jusqu'ici, pour prix de tes travaux,
Couronné par la Gloire, attaqué par l'Envie,
Ce monstre a, de son souffle, empoisonné ta vie.
Je ne veux point, Ariste, excuser ses fureurs,
De ton âge imprudent t'opposer les erreurs,
Et faire le procès à ta Muse indiscrète;
Quel homme impunément fut, & jeune, & Poëte?
Non: mais je te dirai: garde-toi du Dépit,
C'est un guide trompeur, le Repentir le suit.
Si, doué par le Ciel d'un talent ordinaire,
Ta vanité n'eût pris qu'un essor téméraire,
Je dirois: tu fais bien; quitte un travail ingrat;
Il en est tems encor, choisis un autre état;
Fais ce qu'à tant de sourds en vain Boileau conseille;
Mais le Frélon doit-il décourager l'Abeille?
Avare de son tems, cette fille du Ciel,

Pompe le ſuc des fleurs, compoſe en paix ſon miel.
La Haîne a, contre toi, déchaîné la Critique;
Es-tu donc le premier qui, par ce monſtre étique,
Dans Athènes, dans Rome, & même dans Paris,
Ait vu calomnier ſes mœurs & ſes écrits?
Des Ages renommés interroge l'hiſtoire,
Et vois, par-tout, l'Envie à côté de la Gloire:
D'un mérite éminent le fatigant éclat,
Des mortels, nés jaloux, bleſſe l'œil délicat;
Dans la tombe on l'honore, & vivant on l'opprime:
L'orgueil du cœur humain nous vend cher ſon eſtime.
Il eſt beau, cependant, de s'en voir honoré:
Tu préfères la paix; mais loin du Mont Sacré,
Connois-tu quelque port à l'abri des orages,
Où l'homme ait un bien pur & des jours ſans nuages?
Homère, qui, fertile en belles fictions,
Prête un ſi riche voile à ſes inſtructions,
Près du trône où s'aſſied le Maître du tonnerre,
A placé deux tonneaux, dont ce Dieu, ſur la terre,
Verſe à tous les humains le bien avec le mal:
Les lots ſont différens, le partage eſt égal:
Sur les trônes, l'Ennui prend noblement ſa place;
Le Riche a des ſens morts avec un cœur de glace:
Sous l'humble toît du Pauvre, habite la Santé,
Compagne du Travail, mère de la Gaité.
Plaiſirs ſimples & vrais, cœur honnête, eſprit ſage,
La Médiocrité vous reçut en partage.
La ſtupide inſolence & l'ivreſſe de l'or
Se liſent ſur le front du parvenu Mondor.
Pour tréſors, le Poëte eut les dons du génie:
Trop rarement, peut-être, il eut la modeſtie.
Troublé par les revers, enflé par le ſuccès,

Son cœur, prompt & mobile, eſt ſenſible à l'excès.
Rien n'eſt pur ici bas : quand l'Art & la Culture,
A leur livrer ſes biens, ont forcé la Nature,
Combien (ſans l'homme hélas !) d'animaux raviſſeurs
Diſputent au Travail le prix de ſes ſueurs!
Mille inſectes, armés d'une trompe ennemie,
Souillent les ſeps du Dieu qui conſole la vie,
Et dévorent l'eſpoir du triſte Vigneron.
Faut-il donc s'étonner que l'Arbre d'Apollon
Ait ſon inſecte auſſi, qui cherche à le détruire ;
L'impuiſſance, la faim, & la rage de nuire,
De reptiles ſans nombre infectent l'Hélicon.
Garde-toi de ſalir tes écrits de leur nom.
Mépriſe-les, Ariſte, & mets dans la balance
D'un Amant des neuf Sœurs la noble indépendance ;
Ce tranquille réduit, où, loin d'un monde oiſif,
L'étude ſait fixer ce Vieillard fugitif,
Qui, pour tant de mortels, ſi peſamment ſe traîne
Où les grands Ecrivains, & de Rome & d'Athène ;
Philoſophes profonds, Poëtes, Orateurs,
Sont pour lui des amis & des conſolateurs ;
Offrent à ſon eſprit l'eſprit de tous les âges,
Et l'échauffant du feu de leurs divins ouvrages,
Y portent ce deſir de l'immortalité,
Qui, par des eſprits froids, de chimère traité,
Mobile du Héros, reſſort des grandes âmes,
Elève l'homme au Ciel ſur des aîles de flâmes,
Et de cette hauteur lui montre le néant
De ces biens ſi vantés qu'on pourſuit en rempant.
Nul bien ne vaut, crois-moi, les charmes de l'étude,
Crains de livrer ton cœur à cette inquiétude,
Qui, ſans ceſſe, ici-bas, nous portant à changer,

S'exagère le bien qui nous est étranger,
Insensible à celui qui fut notre partage.
Vole & suis la carrière où la Gloire t'engage.
Aux fureurs de l'Envie, à ses tristes clameurs
Oppose tes écrits, le silence & des mœurs.
Veux-tu la braver mieux? Plus habile à nous plaire,
Ose, en te surpassant, irriter sa colère:
Que sa rage impuissante éveille les échos;
Malheur à l'Ecrivain qu'elle laisse en repos.
Dans tes nobles écrits que la vertu respire:
Sois avare d'encens, défends-toi la satyre:
Vis avec tes égaux: admis auprès des Grands,
Respecte l'homme en toi, respecte en eux les rangs:
Ne rends point à leurs yeux, par fierté, par bassesse,
Ridicules ou vils les titres du Permesse.
Tout Mortel est jaloux, mais tout Auteur est vain:
Étouffe dans ton cœur ce dangereux levain,
Fuis la Présomption: c'est alors qu'il s'oublie,
Qu'on veut bien quelquefois faire grâce au génie;
Mais s'il se rend lui-même un hommage éclatant,
On refuse à l'orgueil ce qu'on doit au talent.

APPROBATION.

J'AI lu, par ordre de Monseigneur le Chancelier, *l'Anglomane*, ou *l'Orpheline léguée*, Comédie; & je crois qu'on peut en permettre l'impression. A Paris, ce 21 Novembre 1772. MARIN.

Le Privilège se trouve aux Œuvres de l'Auteur.

De l'Imprimerie de C. SIMON, Imprimeur de LL. AA. SS.
Messeigneurs le Prince de CONDÉ, & le Duc
de BOURBON, rue des Mathurins.

www.ingramcontent.com/pod-product-compliance
Lightning Source LLC
LaVergne TN
LVHW010621110826
845149LV00003B/1005

* 9 7 8 2 0 1 3 5 3 6 5 4 7 *